MARGARIDA CARDOSO RIBEIRO

PESSOINHAS, BRUXAS E BICHOS

ILUSTRAÇÃO LUIZ DIAS

04 FLORFEIA: UMA PITADINHA DE AMOR

14 UM DIA DE LIBERDADE

26 A TERRA DO OCO

44 A MENINA DA BOCA RASGADA

52 BRINCANDO NO CÉU

À memória dos grandes contadores
de histórias da minha vida:
Minha mãe, Ana Umbelina Cardoso
Meu pai, Antônio Pádua Cardoso
João Martinho, da roça do Manoel Antônio.

Dedico este trabalho a minhas filhas e neta,
Marilene, Anelisa, Karina e Gabriela
E ao meu esposo,
Nilo.

FLORFEIA: UMA PITADINHA DE AMOR

5

CANTO
(PARÓDIA DA MÚSICA "A LINDA ROSA JUVENIL")

Eu sou uma bruxa muito linda, muito linda, muito linda
Eu sou uma bruxa muito má, muito má.
Vou fazer uma comilança, comilança, comilança
Para a festa de Natal, de Natal.

HÁ HÁ HÁ HÁ HÁ HÁ
(RISADA DE BRUXA)

A história que vou contar pra vocês é de uma bruxa muito má. Quando ela nasceu sua mãe olhou aquele bebezinho lindo no berço e foi logo dizendo:

— Que bruxinha mais fofa. Não existe criança mais bonita no mundo! Vou lhe dar um nome parecido com ela. Hum!... Já sei. Vai se chamar Florfeia.

Florfeia cresceu e se tornou a bruxa mais malvada de toda a redondeza.

Junto com Florfeia viviam suas duas sobrinhas, ainda crianças: Jerusa e Carlota.

Era véspera de Natal. Florfeia montou na sala uma árvore bem bonita: em um galho preto retorcido dependurou morcegos, fantasminhas, caveiras, minimorangas, aranhas, escorpiões... Então ordenou às aranhas que tecessem teias brilhantes para iluminar a árvore.

— Minha árvore de Natal está maravilhosa! Como eu! — exclamou Florfeia — E agora, onde estão Jerusa e Carlota? Só podem estar na rua brincando.

Vai até a porta e grita:

— Jerusa!... Carlota!... Já pra dentro.

As duas entram encolhidinhas, morrendo de medo de Florfeia.

— Com tanto serviço, isso é hora de vocês estarem na rua? Até aposto que estavam fazendo alguma bondade por aí.

— Hoje é Natal, Florfeia — vai logo dizendo Carlota.

— Estávamos encantando as crianças com lindas histórias de Papai Noel. — diz Jerusa.

Florfeia se irrita. Coloca-lhes o dedo no rosto:

— Vocês não aprendem mesmo. Bruxa tem que ser má, má, má. Ouviram? Bruxas contam histórias cabulosas, horríveis, tenebrosas. Nada de contos de fadas, carochinhas e Papai Noel.

Ansiosas, Carlota e Jerusa perguntam:

— O que o Papai Noel vai trazer para nós?

— Eu quero uma Barbie Roqueira e um shampoo bem sedoso para o meu cabelo. — diz Jerusa.

— E eu, uma boneca que fala e um perfume mamãe-bebê. — completa Carlota.

— **NHEN-NHEN-NHEN! NHEN-NHEN-NHEN!** Não me aborreçam. Já está tudo encomendado ao Bruxo Noel. Veja este seu cabelo sedoso, macio, Jerusa. Isto é lá cabelo de bruxa? Pra você vem um shampoo de gosma de sapo. Seu cabelo vai ficar nojento, todo gosmento, lindo! E nada de Barbie, vai ganhar uma caminha com ratinhos dentuços. Você, Carlota, que cheiro horrível de perfume mamãe-bebê. Vai ganhar um perfume mamãe-gambá. Esse, sim, é que é bom. E uma casinha com sapos e morcegos saltitantes. E, para mim, o melhor: hidratante com essência de urubu. Bem, vamos ao que interessa. Vou sair para umas compras, vocês duas preparem a torta tenebrosa para a sobremesa de hoje à noite. O caldeirão já está no fogão, todos os ingredientes estão na mesa. Muito cuidado para não estragarem o caderno de receitas de sua bisavó, Bruxa Nica. Ele é milenar, foi passado de geração em geração.

Tem receitas incríveis de nossas antepassadas. Ah! Outra coisa: não se esqueçam de treinar gargalhadas de bruxa para receber os convidados. Nada de sorrisinhos de gente hoje à noite.

HÁ HÁ HÁ HÁ HÁ...

Florfeia sai para as compras.

Jerusa folheia o caderno de receitas:

— Achei a receita, Carlota. Aqui está: "Torta Tenebrosa". Como você ainda não sabe ler, eu leio e você me ajuda a pegar os ingredientes e colocar no caldeirão, tá bom? Vamos começar:

1 LATA DE LEITE CONDENADO
1 XÍCARA DE FARINHA DE TRIPA
1 XÍCARA DE AÇÚCAR DE FINADO
1 XÍCARA DE LEITE DE GATO
1 COLHER DE AMARGARINA
2 OVOS BATIDOS
1 COLHER DE FERMENTO EM PÓ PUM
1 CAIXA DE BOMBONS TRITURADOS LEVEMENTE
RABOS DE LAGARTIXA

Carlota começa a chorar e Jerusa a consola:

— Por que você está chorando, Carlota?

— Coitadinha da lagartixa!

— Não tem problema, Carlota. Cresce outro rabo. Vamos continuar:

ESCAMAS DE COBRA

ASAS DE BARATA EM PÓ

ESSÊNCIA DE CHULÉ

— Não falta mais nada, Jerusa?

— É claro que falta o nosso segredinho para a receita ficar sensacional: uma pitadinha de amor. Nosso balãozinho vermelho cheinho de amor!

— Amor! Será que eu ouvi a palavra amor? — Florfeia entra esbravejando.

— Não, Florfeia. Ninguém falou amor. É fedor. Eca, que fedor!

Agora a receita manda misturar tudo falando as palavras mágicas: "Urubu pra lá, urubu pra cá. Urubu ajude a torta a cozinhar". Vamos, Carlota, fale comigo: Urubu pra lá, urubu pra cá. Urubu ajude a torta a cozinhar...

— PÔÔUUUU! — Um grande estrondo.

Florfeia olha dentro do caldeirão:

— Vocês não sabem fazer nada mesmo. Ficou uma porcaria. Que horror.

Jerusa olha dentro do caldeirão:

— Bem, a receita não deu certo, mas a pitadinha de amor! HUUUUUM!... Bombons coraçõezinhos de amor!!!

Está uma delícia. Querem provar?

UM DIA DE LIBERDADE

15

SOU FILHO DE GENTE FAMOSA!... GENTE IMPORTANTE!... GRANDES CANTORES!... COMO eu!... Meu pai, Elvis. Clara Nunes, minha mãe.

E eu?... Chamo-me Zé Carioca, porque nasci no Rio de Janeiro e vim parar aqui em Minas Gerais. Presente de um irmão muito querido para suas sobrinhas. Mas, se perguntarem pelo Zé Carioca, todos vão pensar que é aquele papagaio falante das revistinhas. Eu não sou falante, sou cantor. E mais conhecido como "PICHUIM". Um lindo canário belga.

Como nasci numa gaiola, não me deram direito à liberdade. Sempre a mesma história: "Passarinho que nasce em gaiola não pode ser solto, não sabe se defender, não consegue seu próprio alimento, acaba morrendo". Como se esse não fosse o fim de todo mundo!... Bem, sempre ouvi isso e acabei pensando ser verdade.

Aqui onde moro não me falta nada: alpiste, maçã, couve, vitamina, mamão... Um quintal gostoso com sol, sombra de árvores, plantas e muitos outros passarinhos voando soltos ao meu redor. Os beija-flores vêm sugar o néctar das flores do limoeiro. As rolinhas e os pardais aproveitam-se das sobras do meu alpiste caídas no chão. Os bem-te-vis cantam alegres no alto da antena de TV. Um dia, até apareceu um outro canarinho que, me reconhecendo como um dos seus, ficou rodeando minha gaiola e provando da minha gostosa comidinha.

E tem mais, uma menina que sempre cuida de mim aparece de manhã assoviando, tentando cantar como eu. Mas ela não é uma cantora, é uma humana. Penso que o que ela quer mesmo é conversar comigo, dizer que me ama e que não queria que eu estivesse preso naquela gaiola. Eu não entendo bem o seu canto, mas sinto que é de amor.

Tem mais gente na casa: mais duas meninas, o pai, a mãe e uma cachorrinha. Todos se preocupam comigo. Às vezes pensam em abrir a porta da gaiola para eu voar e voltar. Mas têm medo de que eu me perca e não consiga regressar ou sobreviver.

A cachorrinha, no princípio, tinha ciúmes. Vinha correndo quando alguém estava cuidando de mim, latia e pulava em volta. Agora já se acostumou, sabe que nós somos os dodóis da casa, eu e ela.

Estou planejando uma coisa!... Um dia, quero experimentar essa tal liberdade de que tanto ouço falar. Todos os passarinhos vão e vêm, voam pra lá e pra cá nesse céu imenso, de árvore em árvore, pousando nos fios, construindo seus ninhos, namorando, tendo seus filhotes, fazendo o que querem da vida!... Já sei, na primeira oportunidade que tiver, eu vou escapulir.

— Pai, me ajude a cortar a unha do PICHUIM!...

Ouvi isso. Pensei com meus botões: é hoje, é hoje que vou experimentar essa tal liberdade. Sempre me pegam com todo cuidado para eu não me machucar. Quando isso acontecer... eu sairei voando por aí...

Foi o que fiz. Voei não muito alto. Todos apavorados atrás de mim. Voei por cima da casa, atravessei a rua e pousei numa árvore. Mas que medo!... Será que vale a pena ser livre?... Acho que não quero ser livre, não!... Voei logo para o chão. Uma toalha caiu sobre mim e, com a alegria de todos, lá estava eu novamente em minha gaiolinha, cercado de carinho.

O tempo foi passando e a ideia de liberdade novamente voltou a povoar meus pensamentos. Bem, a experiência de ser livre não foi lá muito boa... Mas eu nem tentei direito, tive medo logo de início!... Quem sabe se não é tão ruim assim?!... O tempo passando e aqueles pensamentos me azucrinando a cabeça. Que nada!... Vou tentar novamente.

— Pai, me ajude a cortar a unha do PICHUIM!

Eis minha nova chance! Tentarei, tentarei!... Vai dar certo!

Outra escapulida, mas, como não sou tão esperto, vivi toda a vida só voando um pouquinho na gaiola, imediatamente lá estava eu entre duas mãos, sendo colocado naquela mesma gaiolinha.

Puxa!... Estou precisando de me exercitar. Quanta moleza a minha! Nem pude dar uma voadinha!...

Mas não tem problema, não. De hoje em diante vou fazer bastante exercício, me alimentar bem e, da próxima vez, serei livre de verdade.

— Karina, vamos cortar a unha do PICHUIM!...

Hoje não posso dar moleza. É agora ou nunca. Eu sou amado aqui, mas tenho que experimentar a liberdade de verdade.

Olhei aquela fresta entre as duas mãos e, num impulso, passei voando por ali. Subi no quiosque das orquídeas. Todos se aproximaram, ansiosos para que eu descesse.

Não, eu não posso voltar atrás agora. Tenho que ir em frente.

Voei para o limoeiro. A expectativa no quintal era grande.

Mas eu tenho que ser decidido. Quero ou não ser livre?

Concentrei todas as minhas forças em minhas asas: eu sou capaz, vamos lá!... Bati as asas e sobrevoei bem alto a casa da vizinha, indo para mais longe.

Viva!... Viva!... Eu sou capaz! Eu consigo voar como os outros pássaros!...

Havia muitas árvores por ali. Eu podia ir de uma para outra, observar tudo de lá de cima.

Até que, olhando para baixo, percebi a tristeza das meninas à minha procura. Coitadinhas!... Eu as amo tanto!... Será que estou errado? Devo voltar?... Não, agora não, depois eu volto. Hoje eu quero curtir...

Voei... voei... voei... Vi outros passarinhos, muitos telhados...

Acho que estou com fome. Estas folhas devem ser gostosas. HUM!... Que delícia!... Bem, de fome eu não morrerei. Tem muita folha por aqui e bichinhos também. Até aqui tudo bem. Vamos curtir.

O sol agora me acenava:

— Tiau, tiau... Já vou dormir. É hora de você dormir também.

Epa! Onde vou dormir? Cadê o meu poleiro? Cadê a minha gaiola? Cadê a minha casa?

Comecei a ficar com medo da noite.

Quero voltar. Mas como? Estou perdido.

Brinquei tanto de árvore em árvore, saboreando bichinhos e folhas, que me esqueci de prestar atenção no caminho de volta.

— Já é noite, estou com sono, onde posso dormir? — Perguntei a um bem-te-vi que passava apressado.

— Uai, você não tem ninho? Então durma em qualquer galho de árvore. Mas cuidado, esconda-se bem. Fique esperto. A noite é perigosa!... Tem gatos enormes!...

Santo Deus! Gatos!... Eles podem me devorar inteirinho! Quero voltar para casa! Um dia já me assustei tanto com um ratinho!... Já pensou?... Um gato... enorme...

Muitos passarinhos passavam voando, eu tentava ir com eles, mas ninguém me dava bola. Cada um se apressava para chegar logo ao seu ninho.

O melhor é me esconder aqui mesmo, no meio dessas ramagens, e esperar pelo sol da manhã. Ajeitei-me, tremendo de medo, e, como a noite, os meus olhos se fecharam na escuridão...

— Ei, é hora de acordar. Abra os olhos!

Quem é? Quem está falando comigo? Não conheço esse canto, não conheço esse assobio. Não é da minha amiga que me traz alimento, água fresca para o banho e para beber. Cadê minha gaiola? Cadê minha casa?

Olhei ao redor e vi que novamente a vida começava. O sol cutucava todos para o reinício. Lembrei-me de tudo o que me acontecera no dia anterior.

Comi mais umas folhinhas.

Uma lagarta que ali passava olhou para mim e disse:

— Ué! Você é diferente dos outros passarinhos. Nunca vi nenhum igual a você por aqui. Não me coma, não, hein? Eu sou venenosa.

— Você também é de comer? Eca!... Que nojo!... Só como alpiste, couve, jiló, mamão, maçã, aveia, vitamina...

— Mas por aqui não tem nada disso, não, viu?

— Não sou um passarinho qualquer. Sou um canário belga e, além de tudo, cantor. Escute só como canto bem:

TIÚ, TIÚ, TIÚ, TIÚ, TIÚ, TIÚUUUUUUUUUUUUUUUUU... TIÚ, TIÚ, TIÚ, TIÚ...

— Realmente, você canta muito bem. Se é um cantor famoso como diz, o que está fazendo aqui? Por que não está cantando na televisão, em shows?

— O que estou fazendo aqui? Vivendo minha liberdade, oras! Acabo de conquistá-la. Tiau para você. Tenho que voar... voar... voar... É para isso que os pássaros foram feitos, não? Quero conhecer tudo e até arranjar uma namorada. Tiau!...

Conheci castanheiras, quaresmeiras, buganvílias, mangueiras, flamboyants, salgueiros...

Em minha felicidade total, embevecido com tanta beleza, nem percebia que poderia haver algum perigo, quando um bem-te-vi, às pressas, me avisou:

— Cuidado, está vindo um gavião!

Não sabia o que era gavião, mas, pela cara do bem-te-vi, percebi que boa coisa não era. Saí voando às pressas, sem rumo. Até que minhas asas foram enfraquecendo... enfraquecendo... A primeira coisa que vi foi um poste. Ali parei para descansar um pouco. Mas aqui o gavião me vê, é muito aberto. Voarei até aquela árvore próxima para me esconder. Tentei, porém minhas asas não mais aguentaram. Fui perdendo altura, fraquejando até pousar no chão...

Tudo escureceu... É o gavião... Ele me pegou... Estou perdido, agora não tenho saída! Fechei os olhos e entreguei-me à sorte. Nada poderia fazer contra o gavião. "Se até o bem-te-vi tem medo dele!... Quanto mais eu!... É o meu fim!..."

— Mãe, encontramos o PICHUIM... Pai, encontramos o PICHUIM...

Uai, eu conheço esta voz. Não é a voz do gavião! Não estou mais perdido! É a minha casa!...

E foi só felicidade!... Minha também, porque agora estou ouvindo dizerem que vou ganhar um viveiro grande onde terei mais espaço para voar e receber a visita dos amigos que fiz pelo caminho. Não é tão bom quanto ser livre, mas, pensando bem... tenho que me preparar para a liberdade... Já vou começar:

>Um, dois, três, quatro
>Poleiro de cima
>Poleiro de baixo.
>Cinco, seis, sete, oito
>Levanto um pezinho
>Depois o outro.
>Nove, dez, onze, doze
>Balanço o rabinho
>Mexo o pescoço
>Treze, catorze, quinze, dezesseis
>Bato as asinhas
>E tudo outra vez...

A TERRA DO OCO

27

Seguindo o rastro salpicado e luminoso deixado pelas estrelas inquietas da noite anterior, eles caminhavam saltitantes — exceto a Lady, é claro! Onde já se viu árvore, ainda mais centenária, saltitar? — em busca da Terra do Oco.

Mas, espera aí!... Quem foi mesmo que disse que existe esse lugar?!...

Só podia ser a Mel: doidinha como sempre! E ainda disse mais: que na Terra do Oco encontra-se um valiosíssimo tesouro.

E vocês acreditam que todos acreditaram naquela lorota?!...

A Mel! Aquela cachorrinha bagunceira, feliz, que nem sabe que um dia foi atropelada e agora corre por todo lado arrastando as patinhas de trás. Ela é encantadora! Tem algo especial: seu olhar. Um olhar estrelado como varinhas de condão!...

Num belo dia, Mel acordou cedinho, se espreguiçou, passou as patas dianteiras pelas orelhas como se quisesse com elas cobrir os olhos, se levantou e saiu pelos campos toda refestelada. Foi pensando: "Vou au-auar com a Lady."

Ao encontrá-la, adivinhem o que viu?!... Um alguenzinho desconhecido dormindo todo enroscado nas raízes de Lady. Chegou bem perto, cheirou daqui, focinhou dali — assim como fazem todos os cachorros — e nada de acordar o visitante. "Não tem outra solução", pensou, "Tenho mesmo que au-auar: au-au-au". O seu AU-AU-AU... foi tão alto e agudo (como sempre, né?) que num vapt-vupt o serzinho arregalou os olhos.

Uau! Que lindos olhos! Que cílios compridos, todos furta-cor que nem cauda de pavão em leque!...

— Taí, gostei de você! — exclamou Mel, encantada...

Nisso, Lady põe-se a esticar suas raízes-pés, balança de leve seus galhos esvoaçantes ornados com paetês dourados e vai logo telepatiando bronqueada:

— Isto não se faz, Mel! Acordar alguém assim, latindo dessa maneira!...
— E olhando para baixo — Uai, que é isto aqui nos meus pés?

— Desculpe — au-auou Mel fitando novamente aquele serzinho assustado — mas quem é você? É diferente!...

— Eu sou um menino...

Mel foi logo interrompendo, toda serelepe:

— Ah! Minhó!... Ele se chama Minhó! Ele se chama Minhó!...

O menino quis explicar que não era bem aquilo, mas Mel não lhe deu tempo para falar, au-auando entusiasmada:

— Vamos, Minhó, vamos comigo para a Terra do Oco em busca do tesouro?!

Quando o menino com cílios de cauda de pavão, ou melhor, Minhó, ouviu a palavra tesouro, levantou-se pulando de alegria:

— Oba, um tesouro, um tesouro! Oba!...

— Já ouvi e contei muitas histórias sobre tesouros escondidos, porém nunca vi um de verdade. Eu também vou. — telepatiou Lady com muita serenidade — Onde está? Pra que lado vamos?

— Pra frente, é claro. Não, pra trás. Ou pros lados?!... Ah! Tanto faz!... — au-auou Mel — Mas, Lady, uma árvore velha como você não dá conta de andar tanto, o caminho é muito longo e perigoso. Você fica. Pronto. Acabou. Ah! Na-nã-nã-nã-não, você vai, mudei de ideia. Vamos todos. Pé na estrada...

Bem ali perto, ouvindo tudo, pois ela possuía ouvidos afiados até demais da conta, estava Elira.

Elira não gostava de animais, não gostava de árvores, muito menos de barulho. Não gostava de ver as pessoas felizes, cantando, nem que fosse no chuveiro. Odiava os passarinhos chilreando em seu quintal. Vivia de cara amarrada. Quando ouviu a palavra tesouro, se enervou de tal forma!... Logo pensou: "Eles vão ficar felizes... Isso não pode, não posso permitir tal façanha! Tenho que impedi-los, custe o que custar..."

E já lá iam os três: Lady, Minhó e Mel pelas trilhas cercadas de mato, florzinhas rasteiras, joaninhas, árvores espalhadas, passarinhos... Um passarinho até pousou em um dos galhos da Lady e os acompanhou na caminhada. *"TIÚ-TIÚ-TIÚ-TIÚ-TIÚ-TRRRRRRRRRRRRR-TIÚ-TIÚ..."* — ele gorjeava assim, porém ninguém o ouvia. Suas cabeças só tinham um pensamento: o tesouro.

Minhó e Mel corriam pra lá e pra cá, brincavam de pique-esconde atrás das árvores. Lady resmungava o tempo todo:

— Que aborrecidos, não param quietos!... Estas crianças!... Por que não seguem a trilha certa como eu? Desse jeito não chegaremos nunca à Terra do Oco!

Mel e Minhó continuavam brincando e correndo.

— Hum!... Credo!... Quem soltou um pum? Foi você, né, Mel? — perguntava Minhó.

— Eu não, foi você, Minhó. A galinha que grita primeiro é quem bota o ovo. — retrucava Mel.

— Eu não. Então foi a Lady. — reclamava Minhó.

— As crianças de hoje em dia não têm mesmo respeito aos mais velhos! Onde vamos parar com isso? — Era a Lady resmungando.

Na realidade, passava por eles um arremedo de fumaça espiralada com fedor de pum. Nesse instante, Mel sentiu um calafrio esquisito!...

Até que, atravessado no caminho, avistam um enorme tronco de árvore! Minhó foi logo pulando. Lady atravessou tranquilamente. Quando olham para trás, o que veem? Mel choramingava, inquieta:

— U-UM!... U-UM!... U-UM!... — assim como choramingam os cachorros quando não conseguem algo.

Sem o impulso das patinhas traseiras, ela não conseguia pular o tronco.

— Lady, Lady! Nós temos que fazer alguma coisa! — repetia Minhó, nervoso — Vamos, Lady, pense logo, a Mel não está conseguindo pular o tronco!...

Lady, então, teve uma ideia. Pediu a Minhó que segurasse bem firme suas raízes-pés e abaixou um de seus galhos esvoaçantes. Mel agarrou-se a ele e, num segundo, já estava do outro lado do tronco.

Elira, que propositalmente colocara aquele tronco no caminho, se enraiveceu. No mesmo instante, um enxame de formigas cabeçudas começou a subir pelas raízes e pelo tronco de Lady no intuito de devorar seus paetês, galhos, tronco, raízes... Ao sentir tal ameaça, Lady se põe a sapatear, a sacudir seus galhos ansiosamente em pedido de socorro. Minhó, desesperado, olha para Mel:

— Mel! Mel! Lady vai ser devorada pelas formigas. O que podemos fazer? Pense rápido.

Mel deitou-se no chão, tapou seus olhos estrelados com as patinhas dianteiras e, num salto repentino, au-auou com toda sua estridência:

— Guerra de cuspe! Guerra de cuspe, Minhó! 1, 2 e... já!

Uma cusparada foi atingindo as formigas, que vagarosamente se arrastaram e se juntaram, evaporando-se em uma fumacinha espiralada com fedor de pum.

Sabia-se, Elira tinha muito nojo de tudo!...

E Lady? Agora telepatiava nervosa e chorando:

— Vejam o que fizeram comigo! Estou toda melada de cuspe. Que nojo!...

Passava seus paetês pelo tronco tentando se limpar, porém ficava cada vez pior. Os galhos, ao se levantarem, esticavam aquela meleca, feito queijo muçarela derretido em sanduíche.

Minhó lembrou-se, então, de que em seu bolso havia um brinquedo, seu brinquedo predileto. Pegou-o.

— Aqui está meu super-herói. — disse Minhó — o Robô Aquático. Ele pode livrar você desta enrascada, Lady.

Posicionou os braços do Robô, esticou suas pernas, apertou o botão de lançamento de jatos e, em poucos segundos, Lady estava lavadinha por aquele pipi de líquido incolor, inodoro e insípido.

Continuaram sua jornada.

Passaram por um riacho de águas límpidas. Sentaram-se na beirada. Seus pés e patas e raízes foram acariciados pelas pedras roliças e seus ouvidos pelo chuá-chuar das águas calmas.

Apanharam e comeram frutas: era tempo de manga. Mel ama manga, Minhó também.

— HUM!... — O caldo escorria pelos cantos da boca, pelas mãos e pelos braços de Minhó, que o lambia deliciosamente.

Mel, deitada confortavelmente no chão, segurava com as patinhas uma manga tentando destrinchá-la e saboreá-la, com a boca e o focinho lambrecados de caldo amarelo. Lady se aproximou para apressá-la. Mel parou, olhou meio de lado desconfiadamente e começou a rosnar:

— RRRRRRRRRRRRRR, RRRRRRRR, RR — Avançou em Lady. As duas acabaram se atracando.

Minhó, aflito, correu para separar a briga. Acalmando-se os ânimos, continuaram o caminho. Mel e Minhó sempre brincando. E Lady?

Lady, apesar da ranzinzice da idade, sentia cada vez mais um carinho enorme por Minhó. De vez em quando, ele a abraçava, apertava, acariciava... Ela fazia cara feia, mas é claro que gostava!

Minhó agora corria. De repente, deu aquela freada:

— Ufa! Que susto, quase caí lá embaixo! Santa Maria! Que buraco enorme! Uau!... Não é um buraco, é um precipício!...

Mel também chegou e, logo depois, Lady. E agora, como ultrapassar o precipício?

Pararam por um momento, pensaram, observaram. Andaram pela beirada até que encontraram uma enorme rocha que ligava um lado ao outro daquela pirambeira.

Minhó era um menino esperto. Não teria problema em subir e descer a rocha.

Lady tinha muitas pernas, e firmes.

E Mel? Santo Deus! Poderia escorregar e cair lá embaixo. FIIIIIIIUUUUUUUUUUU..., PLOFT. Deus nos livre! Como ajudá-la?

Ouviu-se, então, um gorjeio vindo de um dos galhos da Lady:

— TIÚ-TIÚ-TIÚ-TIÚ-TIÚ-TRRRRRRRRRRRRRRRRRR-TIÚ-TIÚ-TIÚ-TIÚ-TIÚ...

Mel levantou seus olhos estrelados e viu um lindo passarinho, amarelinho, um canarinho belga. Só agora havia percebido seu canto enluarado, nostálgico: resquícios de uma gaiola...

Mel au-auou:

> PASSARINHO, PASSARÃO
> ME EMPRESTE SUAS ASAS
> PRA EU NÃO CAIR NESTE FUNDÃO?

Como que por magia, Mel sobrevoou o precipício. Sã... e salva.

Estando todos já do outro lado, alegraram-se:

— OBA! OBA! OBA! OBA!...

Quiseram saber o nome daquele novo amigo, o passarinho:

— Eu sou o Pichuim.

Pichuim lhes ensinou uma canção. Ele cantava muito bem. Mel era meio desafinada, mas cantava mesmo assim, junto com todos:

> PERIGOS ENFRENTAREI
> ELIRA NÃO TEMEREI
> EM BUSCA DO TESOURO
> À TERRA DO OCO CHEGAREI.

Cantando e andando... Cantando e brincando...

A noite foi chegando, todos se aconchegando, os olhos se fechando, os pensamentos bailando, os pés correndo atrás de uma enorme bola branca...

Vagalumes piscavam lá longe... bem longe... bem longe...

Silêncio!

Escuridão!

CHIC-CHIC-CHIC-CHIC-CHIC....

Num átimo, um furacão faz Lady rodopiar violentamente. Pichuim, Mel e Minhó acordam aterrorizados, com os olhos arregalados.

Uma enorme cascavel se desenrola do galho, transformando-se naquela fumacinha espiralada...

Não fosse o furacão Princesa, Pichuim teria sido abocanhado pela cobra. Só de pensar nisso, ele tremia feito gelatina.

O susto passou.

Os vagalumes já não chamejam mais. Não há mais bola branca para brincar. Só uma bolona dourada, que não quer brincadeira. Vai logo raiando:

— É hora de trabalhar, moçada.

Pichuim tenta colocar ânimo novo na turma:

— Vamos cantar, gente! A Terra do Oco! Nós chegaremos lá! Ei, Mel, anime-se. Você quer ou não encontrar o tesouro?

> Perigos enfrentarei
> Elira não temerei
> Em busca do tesouro
> À Terra do Oco chegarei.
> Perigos enfrentarei...

E cantavam, pulavam, dançavam, caminhavam e voavam ao som daquele ritmo gostoso. Lady também, lenta e sobriamente, como uma anciã.

As amoreiras despencavam seus galhos roxinhos.

— Que delícia!... RÁ-RÁ-RÁ-RÁ-RÁ!... sua língua está roxa! — dizia Minhó a Mel.

— A sua também. E os seus dedos!... Olhe o bico do Pichuim!... Au-au-au-au-au...

Lady não achava muita graça e seguia em frente. Chegou primeiro. Parou, olhou bem, pensou: "Agora é o fim da linha. Babau Terra do Oco, babau tesouro. Agora nem Minhó nem eu nem Mel poderemos continuar. Somente Pichuim. Mas, sozinho, de que adianta ele seguir? Só Mel sabe o caminho. Se houvesse mais dois passarinhos para emprestar as asas para mim e para Minhó!...

Mel e Minhó encontraram Lady pensativa. Pararam, olharam: um enorme pântano com areia movediça. Observaram. Havia algo muito estranho no meio daquele pântano. Alguma coisa submersa se movia formando bolhas em diversos pontos:

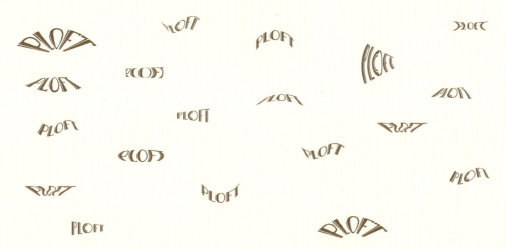

Sentaram-se desanimados para descansar e matutar. Minhó tirou seus tênis, já sujos e gastos, para relaxar os pés. Mel rolou no chão como se quisesse coçar as costas, erguendo as patinhas. Esfregava as costas pra cá... pra lá... rosnava... Nesse vai e vem seu focinho se depara com os tênis de Minhó. Cachorro tem o faro apurado, todos sabem. Porém, com aqueles tênis, nem era preciso tanto.

— Hum! Que chulé!... — au-auou Mel franzindo o nariz, ao mesmo tempo em que lhe vinha à mente uma ideia brilhante — Já sei. Já sei como atravessar o pântano. É só usar umas palavrinhas mágicas e pronto!...

Fechou seus olhos estrelados, concentrou-se. Com uma de suas patinhas ia tirando de dentro do tênis um pozinho que espalhava pelo pântano, au-auando:

PÓ DE CHULÉ

PÓ DE CHULÉ

ADORMEÇA ESTA AREIA

PRA GENTE PODER PASSAR A PÉ

PÓ DE CHULÉ

PÓ DE CHULÉ

ADORMEÇA ESTA

— Socorro! Socorro! Ajudem-me! Ajudem-me!...

Era Mel sendo arrastada. No meio do pântano uma lula gigante estendia seus gigantescos tentáculos em forma de cabelos louros encaracolados, agarrando Mel pelas pernas, puxando-a com uma força irresistível.

Seus amigos apavorados a seguram e puxam... e puxam... e puxam... mas Mel vai, aos poucos, escorregando de suas mãos num torpor de medo e desespero. Ainda segurando o tênis de Minhó, ela faz uma última tentativa: coloca-o na boca da lula antes de ser devorada...

Nesse momento, um forte furacão toma Mel dos tentáculos da lula e a arrebata para o outro lado do pântano.

Dessa vez não era o furacão Princesa, mas o furacão Truque, seu filho.

Lula?! Elira?! Depois daquela dose extra de pó de chulé... Adormecida para sempre... Para sempre?!...

Mel respira aliviada quando vê seus amigos, receosos, acabarem de atravessar o pântano sobre as areias adormecidas.

Refizeram-se do susto. Iniciaram a cantiga por sugestão de Pichuim. No começo estavam desanimados, mas a música foi vibrando, penetrando, até que se alegraram novamente. Principalmente quando se depararam com a entrada de uma enorme caverna.

— A Terra do Oco! A Terra do Oco! — Gritaram todos.

— Ai, que escuridão! Eu tenho medo do escuro. Eu não entro nessa caverna. Aí tem espadas, vampiros, monstros, fantasmas... — dizia Minhó em soluços.

Todos tentaram convencê-lo a entrar, mas ele... nada.

— Não, por favor, não, eu tenho medo!

Mel au-auou:

— Fantasmas e monstros só aparecem para quem acredita e tem medo deles. Eu não acredito. É só você não acreditar também.

Pichuim, que voara rapidamente quando viu seu amiguinho chorando, já estava de volta com Zezinho, o vaga-lume, para iluminar o interior da caverna.

Lady abraça carinhosamente Minhó e lhe diz para subir em seus pés, como ele costuma brincar com seu pai. Ele se sente mais protegido. Eles caminham. Ela vai lhe explicando:

— Não são espadas, são estalactites e estalagmites. Não são vampiros, são apenas morcegos que comem castanhas, nenhum mal nos farão...

Tudo se iluminou de repente. Um clarão!

— VIVA! VIVA! — au-auou Mel com todas as suas forças, com toda a sua alegria — O meu tesouro, o meu Dodom, o meu Dodom!...

Mel abocanha o seu edredom, corre até Minhó, que o agarra na outra ponta, sacode, enrola na cabeça de sua amiga... Fazem mil e uma peripécias com o tão querido brinquedo de Mel. Ela deita, focinha o Dodom, rosna, passa as patinhas pelas orelhas...

Uma grande turma vai chegando, querendo brincar também:

Nininha, Pilu, Pedro Henrique, Camila, André, Frederico e Gabriel

Truque

Marilene

Mel, Débora e Eduarda

Tobe

Camila

Angel e Gui

Príncipe

Natália e Milena

Princesa

Nina, Paulo Marcelo e Júlia

Neguinha

Lolita e Bia

Lolo

Chatilda

Frida, Bob, Simon, Amanda e Larissa

Laura

Vickie, Maggie, Julie e Malu

Lube   Gabriel e Letícia

Pilustrica

Anjinho e Fariana

Branca

Solzinho, Jerusa, Lucas, João Pedro, Gabriel e Túlio

Anelisa e Karina

Nino

Jade, Paulinho e Vitória

Pite

Fran, Tiririca, Petaque, Gabriela e Juan

Estrela e Amanda

Pretinha, Sofia, Gabriel e Belinha

Todos brincam até adormecerem emboladamente sobre o edredom.

Lady respira aliviada:

— Ufa!... Enfim quietos! Que trabalheira essas crianças dão!...

Mel, deitada com a cabeça apoiada sobre uma das patinhas, de vez em quando abre seus olhos estrelados e vela por Minhó...

De repente, ergue o olhar e percebe uma fumacinha branca espiralada adentrando a caverna. Fareja...

— HUMMMMM!!! PERFUME DE FLORES DO CAMPO!...

— Marilene! Marilene! Acorda! Tá na hora de ir pra escola!

Marilene espreguiça, se vira na cama, senta-se, com as costas da mão esfrega os olhos, vê seus compridos cílios refletindo-se no espelho como um caleidoscópio.

Lembra-se da noite anterior, quando sua mãe se sentara ao lado de sua cama, contando-lhe uma linda história: "Era uma vez..."

A MENINA DA BOCA RASGADA

45

A avozinha de Anelisa

Ensinava

e

Cantava

AJUSTEI NO MEU CHAPEUZINHO
UMA FITA DE TAFETÁ
CABEÇA ESTÁ IMAGINANDO
QUE BELEZA QUE EU VOU FICAR
CABEÇA ESTÁ IMAGINANDO
QUE BELEZA QUE EU VOU FICAR

VESTIDO NOVO DE CHITA
MANDEI FAZER
EU QUERO FICAR BONITA
SÓ PARA O MEU BEM ME VER

NÃO SOU MOÇA DE CIDADE
QUE GOSTA DE MANIFESTAR
BEM PERTO DO MEU BENZINHO |
É QUE EU GOSTO DE ME AJEITAR |
BEM PERTO DO MEU BENZINHO |
É QUE EU GOSTO DE ME AJEITAR |

A avozinha de Anelisa

Brincava

Contava histórias

E inventava...

Dos olhos da avó, reluzentes como o imenso oceano das manhãs douradas, duas contas azuis brotavam

    Azulíssimas

    Translúcidas

    Profundas

    Brilhantes

    Duas admiradas águas marinhas

    Que fitavam...

    Anelisa — menina bonita

Quase tão pretinhas quanto os lisos cachos dos seus cabelos (a avó os enrolava) eram suas duas espirituosas castanhas que, de seus olhos,

    Pulavam

    Saltitavam

    Rolavam

    Fitavam

Mas...

— BUÉÉÉÉÉÉ... BUÉÉÉÉÉ...

Choravam

E como choravam!...

Pois é, minha gente, Anelisa chorava pimentas e melancias. Por qualquer coisa:

— Não andei na roda gigante. Não quero ir embora do parque. BUÉÉÉÉ...

— Compra a banheira da Barbie. BUÉÉÉ...

— Não quero sair da piscina. BUÉÉÉ...

— BUÉ... BUÉ... BUÉ...

— Anelisa, venha cá no colo da vovó.

Hum... de algodão doce... Maciinho era aquele colo!

E a avó de Anelisa a aconchegava com todo seu carinho.

— Sabe de uma coisa? Toda criança chora, mas o choro não é a melhor forma de conseguirmos o que queremos. O engraçado é que isso tudo me fez lembrar de uma história que contavam antigamente lá na grota do pasto novo.

As águas azuis e as castanhas, vivas e curiosas, se embalaram:

PRA LÁ PRA CÁ PRA LÁ PRA CÁ PRA LÁ PRA CÁ PRA LÁ
PRA CÁ PRA LÁ PRA CÁ PRA LÁ PRA CÁ PRA LÁ PRA CÁ

PRA CÁ PRA CÁ PRA CÁ PRA CÁ PRA CÁ PRA CÁ PRA CÁ
PRA LÁ PRA LÁ PRA LÁ PRA LÁ PRA LÁ PRA LÁ PRA LÁ

PRA LÁ PRA CÁ PRA LÁ PRA CÁ PRA LÁ PRA CÁ PRA LÁ
PRA CÁ PRA LÁ PRA CÁ PRA LÁ PRA CÁ PRA LÁ PRA CÁ

PRA CÁ PRA CÁ PRA CÁ PRA CÁ PRA CÁ PRA CÁ PRA CÁ
PRA LÁ PRA LÁ PRA LÁ PRA LÁ PRA LÁ PRA LÁ PRA LÁ

PRA CIMA PRA CIMA PRA CIMA PRA CIMA PRA CIMA PRA CIMA
PRA BAIXO PRA BAIXO PRA BAIXO PRA BAIXO PRA BAIXO PRA BAIXO

PRA CIMA PRA CIMA PRA CIMA PRA CIMA PRA CIMA PRA CIMA
PRA BAIXO PRA BAIXO PRA BAIXO PRA BAIXO PRA BAIXO PRA BAIXO

PRA CIMA PRA CIMA PRA CIMA PRA CIMA PRA CIMA PRA CIMA
PRA BAIXO PRA BAIXO PRA BAIXO PRA BAIXO PRA BAIXO PRA BAIXO

PRA CIMA PRA CIMA PRA CIMA PRA CIMA PRA CIMA PRA CIMA PRA CIMA
PRA BAIXO PRA BAIXO PRA BAIXO PRA BAIXO PRA BAIXO PRA BAIXO PRA BAIXO PRA BAIXO

Com voz de bolo de chocolate, a vovozinha começou:

— Era uma vez, lá na roça do tio Silas, uma menina, uma gracinha de menina! Porém, ela era muito chorona. Chorava porque queria mais bala, chorava porque não queria vestir aquela roupa, chorava porque não queria comer, porque queria isso... porque não queria aquilo. Chorava... chorava... chorava... Não escutava ninguém... BUÉÉÉÉÉÉ... Não é que, um dia — olha que espanto! —, sua boca começou a rasgar?!

— Virgem Maria Santíssima! Socorro! Deus nos acuda! — gritava desesperada a mãe da menina, com as mãos na cabeça. — Tragam esparadrapo, fita crepe, super bonder, durex. Tragam tudo: agulha, linha, tesoura e fecho.

Ajuntou aquele povaréu, todo mundo apavorado.

Chamaram bem depressa o cirurgião: costura-costura, aperta-aperta, injeção...

O conserto ficou legal. E tudo bem no final da história.

Por isso, é bom saber que chorar é bom, mas também tem hora.

E Anelisa!?

Ah! Anelisa, como dizia a avozinha querida, está ficando uma mocinha cada vez mais bonita!

BRINCANDO NO CÉU

53

— NÃO ME PEGA!... NÃO ME PEGA!...

— Corra, Clara! Vamos pegar Ventoinha!...

— Vamos, Sonho!... Você cerca de lá que eu vou por aqui.

Mas Ventoinha corria pra lá e pra cá:

— Pique. Ninguém me pegô-ou!

Ela era mesmo muito esperta, como o vento. Virava cambalhota, dava salto mortal, fazia estrela, plantava bananeira...

Era aquela algazarra das três o dia todo: pulavam corda, jogavam bola, andavam de bicicleta, brincavam de roda, faziam mil e uma estripulias...

Às vezes até brigavam, mas Clara, Sonho e Ventoinha estavam sempre juntas.

Havia uma brincadeira que era a preferida delas. Você adivinha qual?... Adivinha. Isso mesmo: "adivinha".

— Lá vem o vento! Lá vem o vento!... Vamos brincar de adivinha? — gritava Sonho.

— Vamos, vamos!... Rápido, rápido... — respondiam as outras duas.

O vento chegava soprando:

— FUUUUUUUUUUUUU...

FUUUUUUUUUUUUUU...

Cada uma se embolava no forte sopro do vento: estufa daqui... espreme dali... estica pra lá... encolhe pra cá...

— Adivinhem quem sou? — perguntava Ventoinha.

— Um carneirinho! Que fofinho!... — dizia Clara.

E Clara logo indagava:

— E eu, quem sou eu?

— Um cachorrinho! Que lindo!... — falava Ventoinha.

— Agora é a minha vez. — interpelava Sonho — Quem eu sou?

Clara e Ventoinha cochichavam... e gritavam, às gargalhadas:

— Uma lagartixa!... RÁ... RÁ... RÁ... RÁ...

Ao que Sonho, toda bronqueada, respondia:

— Tô de mal, não vou brincar mais.

— Brinca sim, brinca sim, irmãzinha! — imploravam Clara e Ventoinha.

Num belo dia, cansadas de tanta diversão, as três debruçaram-se num raio de sol para papear. E papo vai... e papo vem..., quando, olhando para baixo, enxergaram uma multidão de cores: vermelho, amarelo, laranja, lilás, cor-de-rosa, violeta... Era tudo tão lindo que ficaram um bom tempo quietinhas a admirar tamanha beleza.

Depois, curiosas que estavam, decidiram perguntar à Grande Nuvem, a mais sábia de todas as nuvens, o que era aquilo lá embaixo.

Grande Nuvem explicou-lhes:

— É primavera na Terra. Nessa época tudo fica florido, colorido, muito lindo. A Terra é um enorme ser, bem maior do que nós, nuvens, do qual nós fazemos parte. Nós vivemos aqui em cima. Lá embaixo vivem outros seres diferentes: animais, plantas, água, terra, pedra, gente e mais uma infinidade de seres. Há alguns tão pequenininhos que nem conseguimos enxergar.

Ventoinha, Clara e Sonho ficaram curiosas. Sempre que se cansavam das brincadeiras, debruçavam-se num raio de sol para olhar e admirar todas as belezas que havia na Terra. Viam carneirinhos, cachorrinhos e lagartixas de verdade, e muitos outros bichos. Havia até um tal de bicho-homem. Havia muitas plantas, muita água, muita cor...

Aos poucos, foram percebendo que havia bichos-homens pequenos que não brincavam felizes como elas. Faltavam-lhes brinquedos, alimentos, saúde, escola, amor... Havia bichos-bichos, como cachorros, gatos, macacos, passarinhos, sendo maltratados... Árvores sendo cortadas, florestas sendo queimadas. As águas, então, nem se fala! Que imundície... As três ficaram muito preocupadas com aquela situação. O que poderiam fazer?

Sonho foi logo dizendo:

— Eu vou lá com uma espada acabar com todos que estão destruindo a Terra!

— Mas, Sonho, nós somos nuvens e não conseguimos ir até a Terra! — disse Clara.

Ventoinha disparou num falatório danado: que aquilo era injusto, não podia acontecer e BLÁ... BLÁ... BLÁ... Porém sua voz não chegou até a Terra.

Como fazer, então? Pensaram.

Clara sugeriu que fossem pedir ajuda à Grande Nuvem.

Grande Nuvem lhes disse:

— A única forma de melhorar as coisas na Terra é tocar o coração do bicho-homem.

— Mas... como? — indagaram as três.

— Vocês terão que descobrir. — respondeu Grande Nuvem — A tempestade!... O segredo está na tempestade!...

Já era dezembro, às vésperas do Natal, época de muita chuva.

Clara, Sonho e Ventoinha aguardaram com ansiedade uma tempestade que não tardou a chegar. Faiscando nos céus, os relâmpagos e trovões eram tão estrondosos que atemorizavam homens e animais:

TCHIIIIIIIIIIIIIIIIIIIII............. CABRUMMMMMMMMMMMMMMMMMMMM.............

TCHIIIIIIIIIIIIIIIIIIIII............. CABRUMMMMMMMMMMMMMMMMMMMM.............

As nuvenzinhas perceberam que os trovões e relâmpagos chegavam até a Terra. Aí estava o segredo. Mas tão intempestiva era a sua força que todos se escondiam, com medo.

— O que fazer? — perguntou Clara.

— E se os relâmpagos e trovões fossem um pouco mais fracos?! Talvez assim não causassem tanto pavor! — sugeriu Ventoinha.

— Vamos tentar fazer um trovãozinho? — foi logo dizendo Sonho.

Tomaram distância e vieram rolando, cada uma em direção à outra, trombando-se. Mas o barulho foi tão fraquinho que nem elas próprias ouviram.

— Um pouco mais de força! — disse Sonho.

E as três contaram:

— 1, 2 e... já!

TCHIIIIIIII............. CABRUMMMMMM.............

Daquele relampagozinho, partículas de luz desceram com amor, beleza e suavidade. As pessoas, olhando para o alto, maravilhadas, transformadas, sem entender por que, se abraçavam, dançavam e cantavam:

> NOITE FELIZ,
>
> NOITE FELIZ...
>
> HOJE A NOITE É BELA,
>
> JUNTOS EU E ELA...
>
> JÁ NASCEU O DEUS MENINO
>
> PARA O NOSSO BEM...
>
> FELIZ NATAL!...
>
> FELIZ NATAL!...

Sonho, Ventoinha e Clara se enroscaram nas estrelas e foram dormir com os anjos.

Agradeço aos coordenadores e contadores de histórias do Grupo de Contadores de Histórias da Biblioteca Pública Infanto-Juvenil da Prefeitura Municipal de Belo Horizonte, ao escritor e professor Ronald Claver e às crianças e adultos apaixonados pela imaginação e pela vida.

Sobre a autora

Natural de Perdões, em Minas Gerais, Margarida Cardoso Ribeiro é contadora de histórias, pedagoga e professora aposentada. Vive em Belo Horizonte, frequentou o curso de Criação Literária ministrado pelo escritor Ronald Claver e tem formação em Contação de Histórias junto ao Grupo de Contadores de Histórias da Biblioteca Pública Infanto-juvenil da Prefeitura Municipal de Belo Horizonte.

FOTO **Marilene Ribeiro**

Sobre o ilustrador

FOTO **Acervo Pessoal**

Mineiro do norte do estado, Luiz Dias nasceu e cresceu nas ruas de Chico Sá, mas logo se mudou para Belo Horizonte em busca do sonho de ser artista. Formado em psicologia (UFMG) e teatro (CEFART, Palácio das Artes), iniciou sua trajetória na arte como ator, mas encantou pelos bastidores. Trocou os palcos pelas coxias, oficinas, camarins e ateliês. E, assim, descobriu que seu olhar curioso para o mundo encontraria refúgio nos desenhos e no mundo da fantasia.

Pessoinhas, bruxas e bichos © Margarida Cardoso Ribeiro 12/2021
Ilustrações © Luiz Dias 12/2021
Edição © Crivo Editorial, 12/2021

REVISÃO Amanda Bruno de Mello
EDIÇÃO Juliane Gomes de Oliveira
PROJETO GRÁFICO E DIAGRAMAÇÃO Luís Otávio Ferreira
COORDENAÇÃO EDITORIAL Lucas Maroca de Castro

Dados Internacionais de Catalogação na
Publicação (CIP) de acordo com ISBD

R484p   Ribeiro, Margarida Cardoso
Pessoinhas, bruxas e bichos / Margarida Cardoso Ribeiro ;
ilustrado por Luiz Dias. - Belo Horizonte, MG : Crivinho, 2021.
64 p. ; 20cm x 20cm.
ISBN: 978-65-89032-33-5
1. Literatura infantil. I. Dias, Luiz. II. Título.
2021-4290   CDD 028.5   CDU 82-93

Elaborado por Vagner Rodolfo da Silva - CRB-8/9410
Índice para catálogo sistemático:
1. Literatura infantil 028.5
2. Literatura infantil 82-93

Crivo Editorial
Rua Fernandes Tourinho, 602, sala 502
30.112-000 — Funcionários — Belo Horizonte — MG

crivoeditorial.com.br
contato@crivoeditorial.com.br
facebook.com/crivoeditorial

instagram.com/crivoeditorial
crivo-editorial.lojaintegrada.com.br